Dominanter Nazi-Gefängniswärterin

Herrschaft und erotische Unterwerfung

Erika Sanders

Dominanter Nazi-Gefängniswärterin

Erika Sanders
Serie
Herrschaft und erotische Unterwerfung

Zusammenfassung

Paris Ende 1940.

Gestapo-Hauptquartier.

Die Abteilung FEM1 ist die Abteilung, in der die von der Gestapo gefangenen weiblichen Gefangenen befragt werden.

Vicky ist die Leiterin einer Abteilung, die ausschließlich aus lasziven Frauen besteht, die über die Ankunft eines neuen Gefangenen informiert werden ...

Dominanter Nazi-Gefängniswärterin ist ein Roman mit stark erotischem BDSM-Gehalt und wiederum ein neuer Roman aus der Erotic Domination-Sammlung, einer Reihe von Romanen mit hohem romantischen und erotischen BDSM-Gehalt.

(Alle Charaktere sind 18 Jahre oder älter)

Anmerkung zum Autorin:

Erika Sanders ist eine bekannte internationale Schriftstellerin, die in mehr als zwanzig Sprachen übersetzt wurde und ihre erotischsten Schriften, fernab ihrer üblichen Prosa, mit ihrem Mädchennamen signiert.

Index

DOMINANTER NAZI-GEFÄNGNISWÄRTERIN ERIKA SANDERS

Gestapo-Hauptsitz in Paris

FEM1-Abteilung

Mittwoch, 30. Oktober 1940, 8:00 Uhr

Ich wachte abrupt auf und schmerzte überall.

Meine Nackenmuskeln töteten mich und mir wurde schwindelig.

Das Morgenlicht strömte durch das Fenster und beleuchtete meinen Schreibtisch und mein Gesicht.

Ich schloss die Augen und rieb sie fest.

Ich muss über Nacht eingeschlafen sein, als ich eine Reihe von Berichten durchgesehen habe, die am Tag zuvor eingegangen waren.

Ein Blick in den Spiegel zeigte das müde Gesicht eines niedlichen neunzehnjährigen Mädchens mit dunkelbraunen Augen und Haaren, das aussah, als hätte sie seit Tagen nicht genug Schlaf bekommen.

Leider lügt der Spiegel nie.

In den letzten drei Wochen hatte er jeden Tag fünfzehn Stunden gearbeitet, weil ein großer Spionagering freigelegt worden war.

Mein Vater stand in der Hierarchie der NSDAP in Berlin sehr hoch und so wurde ich zum Stabschef der FEM1-Abteilung der Gestapo in Paris ernannt.

Unsere Abteilung bestand nur aus Frauen und war für die Befragung gefangener Frauen verantwortlich.

Mein Rang war Leutnant und unter meinem direkten Befehl gab es zwei Sergeants namens Michelle und Kat, beide in den Zwanzigern.

Michelle war Französin mit langen dunklen Haaren und wunderschönen stechenden Augen.

Ihre Glasgröße war 90 ° C, genau wie bei Kat, und sie war schlank und sportlich.

Auf der anderen Seite war Kat Holländerin mit langen blonden Haaren, blaugrünen Augen und perfekten Waden.

Sie war ein paar Zentimeter größer als Michelle und wog ein paar Pfund schwerer.

Sie hatten beide große enge Ärsche und die längsten Beine in Paris, von denen ich wusste.

Ich war ein bisschen größer Kat und meine Glasgröße war 95 B.

Ein Blick auf meinen Schreibtisch zeigte das Vorhandensein eines neuen Dokuments.

Jemand muss es während meiner Pause mitgebracht und dort gelassen haben.

Das Dokument betraf die Überstellung einer gefangenen Frau, die während eines Gestapo-Überfalls erwischt worden war, in ein Pariser Café.

Die fragliche Gefangene schien eine 25-jährige amerikanische Staatsbürgerin zu sein, die in New York lebte, und sie war... schwarz?

Ich runzelte sofort die Stirn und fand das sehr interessant.

In der dem Dokument beigefügten Datei heißt es, dass er das Thema in Frage stellen und alle wertvollen Informationen mit allen verfügbaren Mitteln extrahieren sollte.

Ich nahm den Hörer ab und befahl Kat und Michelle, sich umzuziehen und mich im Keller zu treffen.

Ich zog mich auch schnell um und ging die Treppe hinunter, die zum Keller führte.

Michelle und Kat waren bereits da und trugen ihre "Verhör" -Kleider.

Jeder trug eine schwarze Ledermaske mit Öffnungen für Augen, Nase und Mund.

Ihre Haare waren in einem Pferdeschwanz hinter ihren Köpfen gefangen.

Schwarze Lederkorsetts zogen sich um ihre schlanken Körper zusammen und ließen ihre nackten Brüste wie zwei fleischige Berggipfel erscheinen.

Sie trugen schwarze Lederhandschuhe an den Ellbogen und um ihre rechten Arme war ein rot-weißes Gummiband mit einem schwarzen Hakenkreuz in der Mitte.

Kleine schwarze Lederschnüre, die es fast nicht gab, bedeckten ihren Schritt und ließen ihre Ärsche völlig frei.

Beide trugen schwarze Nylonstrümpfe und Wehrmachtsstiefel.

"Bring die Gefangene herein und binde ihre Hände in diese hängenden Ketten", befahl ich.

"Ha, meine Herrin", riefen beide aus.

Sie brachten sie herein und sicherten ihre Hände, indem sie sie an den baumelnden Ketten hoben.

Ich nahm mir Zeit und inspizierte es gründlich von oben bis unten.

Er sah nicht größer als fünf Fuß und ungefähr sechzig Kilo aus.

Ihre schwarzen mandelförmigen Augen reflektierten das künstliche Licht aus dem Keller wie magische Spiegel, und ihre Nase war eine typische Afroamerikanerin.

Ein ziemlich großer Mund mit fleischigen, saftigen, feuchten Lippen verriet ihren ungezügelten Wunsch nach mündlichem Vergnügen.

Ihr schulterlanges schwarzes Haar war lang und glatt mit langen Locken am Ende.

Sie trug ein langes, enges gelbes Blumenkleid, das die perfekten Dimensionen ihres Körpers hervorhob.

Alles in allem war sie ein kleines Schokoladenmädchen und ich war mir sicher, dass meine Mädchen dieses exotische Gericht nach ihrem Geschmack genießen würden, da sie noch nie die Gelegenheit hatten, farbige Menschen zu treffen.

"Ich möchte, dass Sie mich über den Grund meiner Verhaftung informieren. Ich bin US-Bürger und Sie haben kein Recht, mich hier zu behalten. Die Bedingungen meiner Inhaftierung sind absolut skandalös. Ich habe seit vielen Stunden nicht geschlafen, gegessen und getrunken. Sie hätten die US-Botschaft informieren sollen über meine Gefangennahme und ich fordere ... "versuchte sie zu protestieren.

"Fordern Sie? Fordern Sie? Sie sind nicht in der Lage, etwas zu verlangen. Wissen Sie, wie Ihre Situation ist? Sie beschuldigen Sie, ein Spion zu sein, und dies trägt nur das Todesurteil. Also fangen Sie besser an zu reden, weil Ich habe nicht viel Zeit zur Verfügung ", schrie ich ihn an.

"Es muss einen Fehler in seinen Berichten geben. Ich bin sicher, er hat mich für jemand anderen gehalten. Es ist meine erste Reise nach Europa und ich habe Paris wegen seiner nächtlichen Attraktionen besucht. Ich war hier gefangen, als der Krieg ausbrach und konnte meinen Weg zurück nicht finden." Seine Polizei hat mich verhaftet, als ich mit einem Mann gesprochen habe, der meine Rückreise organisieren würde. Ich weiß nichts anderes. "

"Wie heißen Sie?" Ich habe sie gefragt.

"Mein Name ist Gina, Leutnant", sagte er.

"Von jetzt an werden Sie mich Frau Vicky nennen. Wird das verstanden?" Sagte ich und schlug sie gleichzeitig hart.

"Autsch! ... Ja ... Ja ... Madam ... Vicky ..."

"Hören Sie, erniedrigte Schlampe. Sie werden mir alles im Detail erzählen. Ich möchte meine kostbare Zeit nicht mit Ihnen verschwenden. Geben Sie mir Namen, Orte, Codes und alles andere, was erforderlich ist. Ich verspreche, Ihnen keinen Schaden zuzufügen und Sie gehen zu lassen, wenn wir fertig sind, oder Sie werden herausfinden, wie grausam ich sein kann." . Ich sagte es ihm, während ich an seinen Haaren zog.

"Aaaahhh ... ich schwöre bei Gott ... ich weiß ... nichts ... bitte ..."

"Du willst hart spielen? Wir werden sehen, wie es weitergeht. KAT UND MICHELLE WERDEN JETZT FÜR DEINE KLEIDUNG sorgen. Ich bellte meine Befehle.

Kat und Michelle stürzten sich mit wild leuchtenden Augen auf ihr wehrloses Opfer und begannen, ihr Kleid in Stücke zu reißen.

Gina drehte ihren Körper verzweifelt, als vielseitige Finger ihr Kleid, ihren BH, ihren Tanga, ihren Strumpfgürtel und ihre Nylonstrümpfe gnadenlos zerrissen.

Am Ende trug sie nur ein Paar weiße Absätze und sonst nichts.

Es schien, als hätte die kleine Demonstration meiner Autorität über Gina niemanden unberührt gelassen.

Kats blassrosa geschwollene Brustwarzen konkurrierten in Bezug auf Schönheit, Größe und Härte mit Michelles geschwollenen braunen.

Michelles Augen waren auf Ginas glitzernden, haarigen Schlitz gerichtet und ihre Zunge leckte über ihre vollen Lippen, während Kat mit der rechten Hand Michelles wunderschöne Brustwarzen streichelte, während ihre linke zwischen ihren milchigen Schenkeln vergraben war.

"Gefällt dir was du siehst Michelle?" Ich fragte ihn.

"Ja Ma'am, sie ist so schön und wehrlos", sagte Michelle.

"Werden Sie von schmutziger schwarzer Muschi angemacht?" ich schrie

"Ja Ma'am ... Ähm ... Nein ... ich bin nicht ..." Michelle versuchte sich zu entschuldigen.

"HABEN SIE VERGESSEN, DASS SIE ZUR ARISCHEN RENNEN GEHÖREN? Wir sind dazu bestimmt, die Welt zu regieren. Es liegt in unseren Genen, anderen unsere Vorherrschaft und Regeln aufzuzwingen. Wir müssen die ganze Welt versklaven und den Beginn einer neuen Ära bringen. Die Ära des NEUEN! BESTELLUNG! Es wird keine anderen Herren als uns geben. Schwarze, Gelbe und Rote sind verpflichtet, für den Ruhm des Dritten Reiches zu dienen und zu arbeiten. "

"Schau und sag mir, was zwischen dir und dieser Schlampe gemeinsam ist. Sie und Kat gehören zu den besten Beispielen, die unsere Rasse zu zeigen hat. Kat ist groß, weiß und klug; Sie sieht aus wie eine Walküre aus dem Norden, voller Macht und Ruhm, bereit, ihre Feinde zu töten, und sie ist es!

„Du ähnelst deinen großen gälischen Vorfahren, die nie aufgehört haben, tapfer gegen all ihre vielen Feinde zu kämpfen, durch dick und dünn. Diese großen Männer und Frauen haben Sie unauslöschlich geprägt. Kannst du es nicht sehen? Kannst du es nicht fühlen? Haben

Sie nicht gelesen, wie sie gekämpft und ihre Kultur, ihre Familien und ihr Land verteidigt haben?"

„Bist du sicher, dass du dich mit diesen Leuten vergleichen willst, die ihre ganze Zeit damit verbringen, nackt herumzulaufen und sich im Schlamm zu paaren? Was wissen sie über Kultur und Zivilisation? Absolut gar nichts. Sogar mein Dobermann kann sie alle mit äußerster Leichtigkeit schlagen."

„Ihre Nation hat so viele großartige Männer und Frauen großgezogen, die so viel zur Welt beigetragen haben, dass es keinen Sinn macht, sich auf ihre Leistungen zu beziehen. Sie entehren Ihr Erbe. Du machst mich fertig!""

"Es tut mir leid, Miss Vicky, ich habe nicht gemeint, was ich vorher gesagt habe. Ich bitte Sie demütig, mir zu vergeben. Bitte, Ma'am, ich bitte Sie. Schicken Sie mich nicht zum Exekutionskommando. Ich ... werde alles tun, um Ihnen zu gefallen Ich mache immer ... Bitte ... ", bat Michelle.

"Du bist sehr glücklich, Michelle, weil ich viel Liebe für dich in meinem Herzen habe. Ich werde dich nicht meinen Vorgesetzten melden, aber ich werde dir den Wunsch erfüllen, den du gesucht hast. Ich gebe dir die Gelegenheit, diesen elenden gebrauchten Anus und die Muschi zu bedienen DER ARSCH, SCHLAMPE !!! ", schrie ich sie an und knöpfte die knielange schwarze Lederjacke meines Offiziers auf.

Michelle kniete nieder und kroch auf Ginas Rücken.

Ich zog meine Jacke aus und stand mit gespreizten Beinen und Händen auf meiner Taille da.

Sie trug ein schwarzes Lederkorsett, das die Brust nicht bedeckte, Hosenträger und ein Paar passende Handschuhe.

Vier Reihen Metallketten, deren Kanten an jedem Riemen befestigt waren, bedeckten meine nackten Brüste, und ein lückenloser Lederriemen umarmte meine festen Hüften.

Sie trug auch oberschenkelhohe Lederstiefel mit Stilettos.

Michelle begann Ginas perfekten schwarzen Arsch mit Ungeduld zu streicheln und zu küssen.

Seine Hände öffneten und schlossen ihr Gesäß mit ungezügelter Lust.

Er knetete, massierte, küsste und leckte diese schwarzen Kugeln in dieser Reihenfolge, ohne auf etwas anderes zu achten.

Seine Zunge wurde verrückt in der Spalte von Ginas Arsch und neckte das Schwarze Loch unerbittlich mit der Spitze.

Er steckte sogar seine Nase hinein und atmete den moschusartigen Geruch ihres Anus ein.

"Kat, ich möchte, dass du Michelles Arsch ohne Reue verprügelst. Bring ihr eine Lektion bei. Diszipliniere sie so, wie ich es tun würde", sagte ich mit völligem Ekel.

"Mmmmm ... ich werde auf jeden Fall Herrin ... mein Vergnügen", antwortete Kat glücklich.

"Lass diesen Hintern rot werden! Bestrafe und pflüge seinen kühnen Hintern mit dem Instrument der Zerstörung! Ich möchte sehen, wie seine samtig weiße Haut Tränen des Blutes vergießt!" Ich stachelte sie an.

"Ha. Herrin."

Gehorsam hob Michelle ihren Hintern und wartete auf das Unvermeidliche, obwohl sie ihre flinke rote Zunge immer wieder in Ginas Analkanal drückte.

Sie muss einen tollen Job gemacht haben, denn Gina keuchte und wiegte ihr Becken unkontrolliert.

Kat setzte sich hinter Michelle und versetzte Michelle den üppigen Hintern den ersten Schlag.

Ihre Seiten drehten sich und sie stöhnte ein wenig in Ginas Arsch.

Kat schlug erneut zu und Michelle biss fest auf Ginas Arschfleisch, die wiederum stöhnte und ihren Rücken krümmte.

Ich ging zu Gina hinüber und fing an, ihre geschwollenen braunen Brustwarzen zwischen Daumen und Zeigefinger zu rollen.

Sie schrie vor Qual und ich schlug sie viele Male.

Dann umfasste ich ihre Brüste und knetete sie hart.

Ich nahm mir etwas Zeit, um ihre Brüste zu missbrauchen, während ich in ihre Augen sah.

In der Zwischenzeit schlug Kat Michelle mit großer Erfahrung auf den Arsch und viele rote Striemen waren auf ihrer geschlagenen Haut aufgetaucht.

Michelle hat nie aufgehört, Ginas Arsch zu ficken, obwohl ihr Hintern sehr unter Kats Regen von Schlägen litt.

"Hast du mir etwas zu sagen?" Ich fragte Gina ironisch.

"Mmmmmm ... Au! ... Oohhh ... ich habe dir gesagt ... ich weiß nichts ... bitte ...", stöhnte er.

"Also, du denkst über deine Geschichte nach. Okay, ich werde dann weitermachen."

"Kat! Hör auf deine Muschi zu reiben und konzentriere dich auf deine Pflicht. Zieh den großen Phallus an und fick Michelles Arsch. JETZT!"

Als Kat ihren acht Zoll langen, drei Zoll breiten Phallusgurt an ihrer Taille festschnallte, nahm ich eine fünfschwänzige Lederpeitsche vom Tisch in der Nähe.

Dann fing ich an, Ginas kleine Titten zu peitschen und achtete darauf, auch bei jedem Schlag auf ihre harten Nippel zu schlagen.

Er beleidigte sie auch mit Namen wie billige Hure, benutzte Muschi, schwarze, schmutzige Schlampe, schmutziger Anus und andere.

Kat stellte sich hinter Michelle und setzte sich auf sie.

Er beugte die Knie, legte Michelles Lederseil beiseite und führte den Kopf des Phallus zum Eingang ihres Anus.

Zu diesem Zeitpunkt war Michelle auf den Knien und küsste und leckte Ginas Knöchel.

Kat drückte hart und pflanzte ihren "weiblichen Penis" in Michelles enge aufnahmefähige Analöffnung.

Michelle schüttelte den Kopf, warf ihre Haare in die Luft und stöhnte vor Schmerz, als Kat ihre Seiten mit den Händen ergriff und sie als Anker benutzte, um sich zu stabilisieren.

Dann fickte Kat Michelle heftig in den Arsch, indem sie schnell und gleichmäßig ging.

Als ich Ginas freche Titten verprügelte, bemerkte ich, dass ihr haariger Hügel und Schlitz durchnässt waren.

Ihr roter Kitzler ragte aus ihrer schwarzen Kapuze heraus, überreizt von der andauernden Aktion.

Die Schokoladenhure muss genossen haben, was geschah.

Ich wandte sofort meine Aufmerksamkeit zurück und fing an, ihren Bauch und ihre Schenkel zu peitschen.

Die Lederriemen meiner Peitsche schmiegten sich wild wie Serpentinenzungen an jede Kurve seines Körpers und hinterließen überall ihre unbestreitbaren Spuren.

Sogar ihr geschwollener Kitzler wollte ihre Leidenschaft teilen, als sie sich mühsam bemühte, die Strafe zu erhalten, die sie so dringend brauchte.

Ein paar gezielte Schläge auf seinen empfindlichen Knopf befriedigten dieses böse Streben nach Erleichterung voll und ganz, obwohl er den qualvollen Schmerz zu zahlen hatte.

"Wasser ... bitte ... gib mir etwas Wasser ... ich bin so durstig ... Herrin", bettelte Gina.

"Nur wenn du mir gibst, was ich verlange, werde ich deine Wünsche erfüllen. Bist du bereit zu reden?" Sagte.

"Bitte ... ich bin kein Spion ... nur ... ein Tourist ... ich ... brauche ... Wasser."

Ich wurde blass und stand regungslos und sprachlos da.

Ich stellte mir vor, wie ich vor dem Exekutionskommando stand ... dann ein starker Schlag ... mich umarmte und die dunkle Erde biss ... mein Vater gab mir den letzten Schlag (letzten Schlag) mit seiner Pistole ...

Das hatte keinen Wert.

Der Abschaum hatte sich als sehr schwer zu knackende Nuss erwiesen.

Mein Leben wäre keinen Cent wert, wenn ich meine Pflicht nicht erfüllen würde.

Ich schaute auf den Boden und sah, wie Kat und Michelle sich leidenschaftlich liebten.

Michelle lag mit weit gespreizten Beinen auf dem Boden und Kat war oben auf ihr und schlug wie eine verdammte Seele auf ihre kochende Muschi.

Sie drückten ihre aufgeregten Brustwarzen gegeneinander und ihre roten Zungen waren in einem rasenden Walzer verwickelt.

Kat und Michelle könnten sich nicht weniger um meine Zukunft kümmern.

Das Blut in meinen Venen begann zu kochen und mein Sehvermögen wurde immer dunkler.

Er konnte sich nicht entscheiden, was er zuerst tun wollte.

Sollte ich Gina langsam mit bloßen Händen sehr langsam erwürgen?

Oder fangen Sie an, Kat und Michelles Hintern ohne Unterbrechung zu treten?

"Kat und Michelle hören auf, was Sie tun und kommen hierher! JETZT! Lösen Sie Ginas Ketten und machen Sie sich bereit!" Ich habe sie bestellt.

Sie taten, was ihnen gesagt wurde, und Gina fiel mit erhobenen Händen auf die Knie.

"Michelle, unsere Gefangene hat Durst. Gib ihr deinen Nektar."

"Er liebt es auf jeden Fall."

Michelle brachte ihr Becken näher an Ginas Mund und zog ihre Lederunterwäsche beiseite. Sie teilte ihre Rosenblätter und ließ ihren dampfenden, salzigen Urin los.

Gina öffnete ihren weiten Mund und streckte die Zunge heraus, als Michelle ihren Urinstrom direkt in ihren durstigen Hals führte.

Sie schluckte eifrig Michelles gelben Fluss, als ihre Zunge jeden Tropfen auffing, der sein Ziel in der Luft verfehlte.

Kat ging hinüber und fing an, auch auf Gina zu pinkeln.

Sie badeten ihre Nase, Augen, Mund und Titten mit ihren goldenen Flüssigkeiten.

Gina wurde verrückt, als sie versuchte, die Urinströme von Kat und Michelle gleichzeitig zu schlucken, weil sie keinen einzigen Tropfen verpassen wollte.

Nachdem sie mit dem Urinieren fertig war, klebte Michelle ihre feuchte Muschi auf Ginas Lippen.

Gina fing sofort an, an ihren Samtblättern zu lecken und zu knabbern, saugte tief und schluckte Flüssigkeiten der Liebe und des Urins.

Ich schickte Michelle, um einen achtzehn Zoll großen schwarzen Dildo anzuziehen, und Kat nahm ihren Platz an Ort und Stelle ein.

Gina öffnete den Mund so weit sie konnte, um Kats großen Phallus aufzunehmen.

Kat führte seinen "weiblichen Penis" in ihren Hals und begann ihre Hüften von einer Seite zur anderen zu schaukeln.

Gina war ein paar Mal übel, schluckte es aber weiter.

Er gewöhnte sich schnell an seine unglaublichen Dimensionen und begann seinerseits den Kopf zu schütteln, als er Kat's Stößen in der Mitte begegnete.

Ich befahl Kat, sich auf den Boden zu legen und ihr Becken zwischen Ginas Schenkel zu legen.

Sie tat es und stellte ihren "Phallus" aufrecht.

Gina sprang buchstäblich auf ihn und ihre erhitzte schwarze Muschi verschlang ihn sofort.

Sie wiegte ihren Körper zu schnell mit Kats hartem Werkzeug und ihre Brüste schaukelten im Takt seiner Bewegungen auf und ab.

Michelle packte Ginas Haare und ließ sie sich bücken.

Gina lag ganz auf Kat und ihre Brüste kamen in Kontakt.

Michelle kniete sich hinter sie und spreizte Ginas Gesäß.

Sie genoss den Anblick von Ginas Arsch für einen Moment und legte dann den Kopf ihres schwarzen Dildos dort hin.

Michelle drückte hart und fuhr mit ihrem Kopf mühsam über Ginas widerstrebenden Schließmuskel.

Gina wiederum schrie, als sie spürte, wie ihr Hintern heftig durchdrungen wurde.

Es schien, als wäre Ginas Schrei das Signal für Kat und Michelle, verrückt zu werden.

Michelle fing an, Ginas Arsch wie eine heiße Hündin zu hämmern, und Kat stieß mit ihrem Becken gegen Ginas gedehnte Muschi, während seine Hände ihre Brustwarzen drückten.

Mit zwei Werkzeugen, die ihre Löcher wie gut geschmierte Kolben bearbeiteten, hatte Gina keine andere Wahl, als zu erliegen.

"¡¡¡¡¡¡¡¡¡¡¡¡¡¡¡Oh Gott! Ich bin eine Hure! BITTE ... FICK MICH ... BEIDE ... SIE GLEICHZEITIG! ICH MÖCHTE ... EINE NAZI-SCHLAMPE SEIN ... ICH ... MÖCHTE ... Ich werde es dir sagen ... ALLES ... NUR ... FICK MICH FICKEN. .. BITTE !!! OHHH ... Ich werde kommen !!!!!!!!!!! "

"Ich weiß, dass du es wirst", sagte ich mit einem großen Lächeln auf meinem Gesicht.

ENDE

WILDES WILLKOMMEN
ERIKA SANDERS

27

Susan lag auf der Couch und dachte an ihren Partner.

Sie liebte ihn von ganzem Herzen und ihr Traum war es, dass er mit Vorspiel tat, was er wollte.

Leck und lutsche sie, bis es sich lohnt, für ihre Ekstase zu sterben.

Dann fick sie mit Sex, der stärker ist als die Schöpfung.

Es war so eine langweilige Nacht.

Susan lag in ihrem rosa Seiden-BH und Höschen auf der Couch und sah sich einen Film an.

Aber Susan dachte an ihren Freund, seinen schönen Körper, seine grünen Augen und sein dunkelbraunes Haar.

Susans Zunge spähte aus ihren Lippen, als sie an ihn dachte. Lust erfüllte ihren Geist und Körper.

In diesem Moment hörte Susan, wie sich die Tür öffnete, er war endlich da.

Aufgeregt und nass sprang sie auf und rannte zur Tür.

Dort stand er in seiner Jeans und einem weißen T-Shirt.

Er ging in den Raum und bemerkte Susans schöne, schwebende Brüste, als sie vor Aufregung fast aus ihrem BH fielen.

Er packte sie an der Taille, zog Susan zu sich und küsste sie tief.

"Ich bin so verdammt geil", flüsterte Susan mit ihrem warmen, feuchten Mund. "Fick mich jetzt."

Er brauchte keine zweite Einladung und schob Susan zum Küchentisch.

Er zog sein Hemd aus, machte das Licht aus und verdunkelte den Raum.

Susan lag auf dem Tisch, ihre Brustwarzen spähten jetzt durch ihren weißen BH und ein nasser Fleck bildete sich auf ihrem passenden Höschen.

Er trat näher an sie heran und bildete eine Ausbuchtung in seiner Jeans.

Er beugt sich über Susan, küsst sanft ihren Bauch und leckt alles darüber.

Susan schnappt vor Vergnügen nach Luft und ihre Hände greifen nach seinem Kopf, um ihn näher zu bringen.

Er leckte und küsste ihren Bauch weiter und bewegte sich von Zeit zu Zeit zu ihrer Muschi hinunter, die immer noch von ihrem Höschen bedeckt war, um heiße Luft auf sie zu blasen.

Er packt ihre Unterwäsche mit den Zähnen und zieht sie mit einer schnellen Bewegung nach unten.

Er wirft sie auf den Tisch und schnüffelt an ihren Schamhaaren.

Susan beginnt zu stöhnen und schwer zu atmen.

Er vergräbt sein Gesicht in ihrer feuchten Muschi und hebt seine Hand, um ihren BH zu entfernen.

Susans freche Brüste laufen über ihre weichen Hände.

Er leckte noch einmal sanft an Susans Schlitz, bevor er zum Kühlschrank ging.

Er öffnete es und holte eine Schüssel Erdbeeren heraus. Er nahm zwei von ihnen und legte einen auf Susans Bauch und den anderen zwischen ihre Brüste.

Er leckte die Erdbeere an seinem Nabel und aß sie danach.

Er fuhr fort, ihren Körper von unten nach oben zu lecken und ging schließlich zur nächsten Erdbeere über.

Er leckt Susans Dekolleté und bewegt die Erdbeere zwischen ihren Brüsten auf und ab.

Susan stöhnt über das ungewöhnliche Gefühl.

Er bewegt die Erdbeere weiter und tiefer in Susans Körper, bis er ihre Muschi erreicht, indem er die Erdbeere mit seiner Zunge drückt.

Susan schnappte nach Luft und er konnte sehen, wie sich ihre Muschi mit der Erdbeere zusammenzog, die mit ihren Säften bedeckt war.

Er schob die Erdbeere tiefer in ihre Muschi.

Er bedeckte sie mit seinem Mund, der sanft saugte, bis die Erdbeere wieder in seinem Mund war; jetzt mit Säften aus Susans Muschi bedeckt.

Er nippte an der Erdbeere, aß sie und rollte Susan auf ihren Bauch.

Mit ihrem Hintern in der Luft streichelte sie es.

Er schlug Susan sanft auf den Arsch, bevor er auf ihren Arsch tauchte und ihn leckte und Hickeys überall auf ihrem Arsch zurückließ.

In der Nähe stand ein Glas Honig. Er griff hinein und rieb es auf Susans Lippen.

Dann steckte er seine Zunge tief in sie und brachte Susan zum Stöhnen.

Er saugte seine Zunge tief in ihre Muschi.

Susan stöhnte laut und sagte:

"Fick mich jetzt."

Er zog seine Jeans aus und sein Schwanz pochte.

Jetzt nackt ragt sein Schwanz groß und stark heraus.

Er packte Susan und fuhr mit seinen Händen über ihre inneren Schenkel, wobei er seinen Schwanz direkt vor ihren Eingang legte.

Er rieb seinen Kopf an ihrer Nässe; Sanft teilte sie ihre Lippen und schob sanft den Kopf seines Schwanzes.

Ein Stöhnen entkam Susans Lippen, als sie spürte, wie die Spitze seines Schwanzes in sie eindrang.

Susan stöhnte lauter, als er den Rest seines riesigen harten Schwanzes in ihre Muschi schob.

Als er sie alle füllte, drückte sie die Wände ihrer Muschi und brachte ein Stöhnen von sich.

Er fing an, seinen Schwanz in Susans Muschi hinein und heraus zu pumpen und fuhr mit jedem Schlag mehr und mehr.

Er schlug weiter auf ihre Muschi ein und Susan stöhnte immer lauter.

Er packte ihre Schenkel, schlug härter als je zuvor und knurrte, als er mit seinem massiven Schwanz in Susans Körper eindrang.

Susan schrie:

"Das fühlt sich so gut an, Baby, fick mich härter."

Er knallte seinen Schwanz fester in Susans Muschi und spürte die Ansammlung von Sperma an der Basis seines Schwanzes.

Seine Eier treffen mit seiner Bewegung auf Susans Arsch.

Susan stöhnte lange und bekam einen wilden Orgasmus, ihre Muschi drückte seinen Schwanz, also fing er auch an zu orgasmen.

Sperma spritzte aus seinem Schwanz, der erste Strom drang in Susans Muschi ein.

Aber er zog sich zurück und ließ den Rest zurück, um seinen Körper zu besprühen.

Gerade als ihr Orgasmus nachließ, steckte er seine Finger in ihre Muschi, pumpte sie schnell und schickte Susan wieder zum Orgasmus.

Susan stöhnte und ging über den Tisch, zog ihn über sich und küsste ihn tief.

Sein Schweiß und sein Sperma vermischten sich über beide Körper.

Nachdem beide sich entspannt hatten, sagte er:

"Es ist schön, so empfangen zu werden."

.

ENDE

33

VERRATEN
ERIKA SANDERS

35

Kapitel I

Becky hörte das Klicken des Schlüssels im Schloss.

Er rannte die Treppe hinunter, schaltete das Flurlicht ein und öffnete die Tür.

Jack war dort im Regen, die Kapuze über seinen Kopf gezogen, der Schlüssel in seiner Hand stehen geblieben, als seine dunklen Augen sie anstarrten.

"Oh mein Gott, du bist gekommen", sagte Becky fröhlich.

Sie sprang vor und schlang ihre Arme um seine Schultern, umarmte ihn und spürte, wie der Regen, der ihren Mantel bedeckte, auf ihre enge Kleidung sickerte.

Es war ihr egal.

Ihr Mann war hier und das war alles was zählte.

Sie befreite Jack von einer überschwänglichen Umarmung und legte ihre durchnässsten Hände auf sein Gesicht.

Sein ernster Gesichtsausdruck hatte sich nicht verändert.

"Was ist los?", Sagte sie.

"Wir müssen reden."

Becky spürte, wie ihr Magen zuckte, aber sie trat beiseite, um Jack hereinzulassen und seine nassen Stiefel auszuziehen.

Sie ging ins Wohnzimmer und rieb sich nervös die Arme, während sie darauf wartete, dass Jack die schlechten Nachrichten überbrachte, was auch immer es war.

Dann ging er ins Wohnzimmer, immer noch mit einem ernsten Gesichtsausdruck.

"Geben Sie uns bitte etwas zu trinken", sagte er.

Becky ging zum Schnapswagen und schenkte zwei Brände ein.

Ihre Hand zitterte, als sie ihm eine der Gläser reichte und ihre schnell trank.

Jack kam mit ziemlich feuchten Socken zum Stuhl.

Das Bild, das er so gab, war ein bisschen komisch.

Sie hätte gelacht, wenn es nicht den angespannten Moment gegeben hätte.

Er saß auf der Sitzkante, ließ sich nicht nieder und zog seinen Mantel nicht aus, als er sich darauf vorbereitete, die schlechten Nachrichten zu überbringen.

Er nahm einen großen Schluck Brandy, bevor er sprach.

"Sie weiß alles über uns", sagte er, nachdem er den Schnaps mit einem letzten Seufzer genommen hatte.

Becky spürte, wie ihre Knie schwach wurden und ihr Herz raste.

Er schenkte sich noch ein Glas Brandy ein.

Er ging zur Couch vor Jack und setzte sich.

"Wie?" Sagte er nach einem weiteren Schluck der warmen Flüssigkeit.

"Ich sagte."

Becky runzelte die Stirn.

"Hast du es ihm gesagt? Wofür zum Teufel?

"Ich konnte es nicht mehr ertragen."

Becky stand auf.

"Bitte sag mir, dass du Witze machst, Jack."

Er schüttelte leugnend den Kopf.

"Warum würdest du deiner Frau sagen, dass du sie betrügst?"

Jack sah unter seinen buschigen Augenbrauen auf, die ihn wie einen schelmischen Welpen aussehen ließen.

"Ich konnte nicht sehen, dass sie gleichgültig und ruhig war, als sie unser schmutziges Geheimnis weiter verbarg."

"Unser schmutziges Geheimnis ist, dass es ihm nur geht?" Dachte Becky.

„Nun, was hat sie gesagt?", Sagte Becky und tat so, als hätte sie den letzten Kommentar nicht gehört, als sie von einer Seite des Raumes zur anderen ging.

"Sie ist bereit, uns eine weitere Chance zu geben. Wenn dies aufhört."

Becky blieb stehen und sah Jacks Gesicht an.

"Wir? Du meinst, du und sie sind zusammen, nachdem ich es ihr gesagt habe?"

Jack nickte.

"Wirst du mich einfach so verlassen? Weil sie es sagt?"

"Sie ist meine Frau."

"Und was war ich?"

"Du weißt was das war. Ich habe dir gesagt, ich würde meine Frau niemals verlassen. Das war immer Sex zwischen dir und mir."

„Du weißt was das war. Vergangenheit. Es war schon vorbei in seinem Kopf. Wie konnte er mir das antun? '

Obwohl er gesagt hatte, er würde Mary niemals verlassen, dachte Becky, sie könnte ihn davon überzeugen, dass sie wirklich die Frau war, die er brauchte.

Und so ist es nicht?

Es schien nicht.

Jack hatte seinen Drink beendet und stand auf, um zu gehen.

Becky ging zu ihm hinüber.

"Ist das alles dann?", Sagte sie und starrte ihn an. "Wirst du es so fallen lassen und gehen?"

Jack seufzte, als er sie wegschob, um den Flur entlang zu gehen.

"Becky, ich habe Kinder", sagte er jetzt verärgert.

Oh nein, so einfach würde er nicht rauskommen.

Früher war alles Komplimente und spöttische und erotische Botschaften, mit vielen Küssen am Ende, um mich zu verzaubern.

Das ist es, was jeder tut, um das zu bekommen, was er will.

Wenn sie dann genug haben, werden sie defensiv und versuchen, dich loszuwerden.

Jacks wahres Gesicht zeigte sich jetzt.

Sie war für ihn nichts weiter als ein Stück Fleisch gewesen, ein leichter Fang.

Ein Abschaum.

Eine Hure.

So hatten Männer sie immer behandelt. Jack würde nicht anders sein.

"Na und? Viele Leute lassen sich heutzutage scheiden. Kinder kommen darüber hinweg. Sie haben immer noch beide Eltern", sagte sie kalt.

"Das sind Kinder, Becky", schnappte Jack. "Sie brauchen eine Familie. Sicherheit. Ein Vater, der immer da ist. Nicht einer, der ein paar Mal pro Woche auftaucht."

Und ich? sie dachte etwas egoistisch.

Die Frau, die keine Kinder haben kann.

Die Frau, die immer und immer dauerhaft steril sein wird und einem Mann keine Familie geben kann.

Das Phänomen.

Das seltene.

Der, der nur zum Spaß, zum Ficken gut ist.

Wer würde sie wirklich lieben?

"Ich gehe zu dir nach Hause", drohte er. "Ich werde ihr sagen, was wir getan haben. Wie du mich in deinem Auto in den Wald gefahren und mich auf dem Rücksitz gefickt hast. Wo ihre Kinder jeden Tag auf dem Schulweg sitzen. Wie du mich in dasselbe Restaurant gefahren hast, in dem du ihr vorgeschlagen hast. Sehen Sie, ob sie es sich dann anders überlegt. "

Jack drehte sich in der Tür um und seine Finger verließen die Kapuze, die er gerade über seinen Kopf heben wollte.

"Du wirst es nicht tun".

"Sieh mich an."

Becky sah zum ersten Mal einen Ausdruck in Jacks Augen, den sie zuvor bei vielen Männern gesehen hatte.

Der Ekel.

Was sie zwischen sich hatten, was auch immer für ihn gewesen war, war verschwunden.

Sie wusste, dass sie das niemals zurückbekommen würde.

Ihre Oberlippe kräuselte sich, als sie die Kapuze über ihren Kopf zog und sich nach unten beugte, um ihre Stiefel zu greifen.

Becky spürte, wie die Wärme aus ihrem Fleisch verschwand, das kalte Gefühl, zurückgelassen zu werden.

Aufgabe.

Sie hatte es schon zu oft gefühlt.

"Du kannst mich nicht einfach verlassen, Jack", flehte sie und spürte den vertrauten Strom von Tränen aus ihren Augen.

"Es ist vorbei", schnappte er und seine Stimme verzog sich vor Wut.

"Tu mir das nicht an, Jack. Bitte!"

Er knotete die Spitze seines Stiefels, richtete sich auf und beobachtete sie unter dem Schutz seiner Kapuze.

"Komm nicht mehr in meine Nähe oder zu meiner Familie. Wenn du das tust, rufe ich die Polizei."

Er hob die Hand und ließ seinen Schlüssel auf den Boden fallen.

Der Schlüssel, den sie ihm gegeben hatte, in der Hoffnung, dass er dies als sein wahres Zuhause sehen würde, in dem er schließlich dauerhaft leben würde.

Es war der letzte Stich in sein Herz.

Er riss an der Tür und machte einen schnellen Schritt in den Garten.

Becky stand auf der Matte, ihre Wangen glänzten vor Tränen im hellen Licht des Wohnzimmers und beobachteten, wie ihre große Gestalt durch den Regen schritt.

Von ihr weg.

Zurück zu seiner Familie.

Für immer aus seinem Leben.

Kapitel II

Becky sah in ihr Glas und spürte, wie sich ihr Kopf drehte.

Der Whisky hinterließ einen sauren und bitteren Geschmack auf seiner Zunge.

Mit zitternden Fingern hob sie das Glas auf und warf es gegen die Wand des Kamins.

Es kollidierte mit dem Spiegel, wodurch Glassplitter explodierten und dann auf den Boden und den dicken Teppich fielen.

Sie sprang von der Couch und marschierte zum Telefon.

Tränen stiegen in ihren Augen auf, als sie den Hörer abnahm, aber sie sagte sich, dass sie nicht mehr weinen würde.

Sie biss sich auf die Lippe und wählte entschlossen die Nummer.

Nach wenigen Augenblicken antwortete eine schroffe Männerstimme.

"Hallo?"

"Harry, ich bin Becky", sagte er und unterdrückte seine Trunkenheit mit einem Schmunzeln.

"Becky? Jesus, was rufst du gerade an? Es ist zwei Uhr morgens."

"Es tut mir leid. Es ist nur so ... ich muss mit jemandem zusammen sein."

"Was? Im Moment?"

"Ja."

Er hörte ein Rascheln am anderen Ende der Leitung, das Knacken seiner Kehle, getrocknet von Harrys Zigaretten, als er sich um das Bett bewegte.

"Weckst du mich wirklich mitten am Morgen für einen Fick auf?"

Becky spürte bei seinen Worten einen Knoten in ihrem Bauch.

Was, wenn sie wirklich niemanden brauchte, der sie zufriedenstellte?

Harry war das jedoch egal.

Becky wusste, dass sein Schwanz durch ihren ausdrücklichen und ekelhaften Mut unter der Decke steinhart geworden war.

Aber egal, womit sie ihn verführen wollte, er sah aus, als würde er sich nicht bewegen.

"Entschuldigung, Becky. Ich muss vorbeischauen. Wie wäre es mit Freitagabend?

Becky sah den Aschenbecher auf dem Kaffeetisch und drückte ihre Zigarette aus.

"Du bist wie alle Männer, richtig? Du denkst, ich renne, wenn du sagst. Nun, weißt du was Harry? Du kannst dich selbst ficken. Das war deine letzte Chance und du hast sie einfach verpasst."

"Was ... Becky?"

"Tschüss, Harry. Schlaf tief, wenn du kannst. Verdammt!"

Er knallte das Telefon auf den Hörer.

Becky saß einen Moment auf dem Bett, ihr Herz raste, ihr Blut kochte, eine Million verschiedener Gedanken wetteiferten um den Vorrang in ihrem Kopf.

Wie konnten sie ihm das antun?

Und wieder.

Und warum ließ sie sie das immer wieder tun?

Immer wieder in dieselbe alte Falle tappen.

Sie wusste, was Psychiater sagen würden.

Sie schätzen sich nicht genug.

Wie können Sie erwarten, Respekt zu erhalten, wenn Sie sich selbst nicht einmal respektieren?

Nun, das fällt ihnen leicht zu sagen.

Sie wollen wissen, wie es ist, sich wie eine Hure zu fühlen, die es Männern erlaubt, ihren Körper wie einen schmutzigen Lappen zu benutzen.

Eine Mutter, die mit ihren Freunden ficken und ihre Tochter allein zu Hause lassen würde, kalt und hungrig, ohne dass jemand sie wollte.

Eine Frau, die sie jahrelang davon überzeugt hat, dass ihr Vater sie nicht liebte.

Dass er sie wegen ihm verlassen hatte.

Als die Wahrheit war, dass er von der Unterwerfung, der er von ihr ausgesetzt war, eingeschüchtert und zu verängstigt war, um zu seiner Schreckensherrschaft zurückzukehren.

Becky vergrub ihr Gesicht in ihren Händen und ließ die Tränen über ihre Handflächen fließen.

Du hast mich verlassen, Papa.

Wie kannst du mich mit dieser Psychoschlampe zurücklassen?

Sie setzte sich auf und zwang sich, die Tränen zu stoppen.

Traurigkeit verwandelte sich in Wut wie das Umlegen eines Schalters.

Sein Vater war ein verdammter Feigling.

Wie alle Männer.

Sie gingen kontrolliert von den Bällen, die zwischen ihren Beinen schwangen, hatten aber nicht den Mut, sie zu benutzen.

Das konnte nur eine Frau.

Der Schmerz war zu viel.

Becky brauchte Sex.

Es war das einzige, was sie beruhigen würde.

Sex würde den Schmerz in ihr lindern.

Schmerz, weil sie nicht geliebt und zurückgewiesen wurde, wodurch sie sich wie eine schmutzige Wegwerfhure fühlte.

Für ein paar kurze Momente ein leidenschaftlicher Kuss, ein lustvoller Drang, der sie zum Orgasmus bringen würde, und sie würde sich geheilt fühlen.

Alles wieder gut.

Geliebt.

Das einzige Problem war, dass es zur Sucht geworden war.

Und sobald alles vorbei war, nachdem die Männer gegangen waren und zu ihren Frauen oder der nächsten Frau zurückgekehrt waren, die bereit war, ihre Beine zu spreizen, würde dieser dunkle Ort zurückkehren.

Bis zur nächsten Lösung.

Becky konnte es nicht mehr ertragen.

Genug war genug.

Diesmal würde jemand bezahlen.

Kapitel III

Rache ist süß.

Zumindest sagen sie das.

Becky dachte darüber nach, als sie ihr langes schwarzes Haar im Schminktischspiegel bürstete.

Sie war nackt, abgesehen von einem schwarzen Höschen, das mit einer kleinen roten Schleife geschmückt war.

Ihre 43 Jahre alten Brüste waren so fest wie die einer zehn Jahre jüngeren Frau.

Es war einer der positiven Aspekte, keine Kinder bekommen zu können.

Sie hat ihre Figur und ihren herrlichen Charme länger beibehalten.

Als die Borsten der Bürste durch ihre Haare glitten, erlebte sie eine Ruhe, die sie seit Jahren nicht mehr gefühlt hatte.

Endlich baute sich etwas in ihr auf.

Sie werden kein Opfer mehr sein.

Sie kämpfte.

Sie würde eine Kriegerin sein.

Sie wählte einen dunkelroten Lippenstift aus ihrem Make-up und trug ihn vorsichtig auf ihre Lippen auf. Sie fügte ein wenig Fülle hinzu, indem sie einen zusätzlichen Millimeter um den Rand gab.

Die Farbe ergänzte ihr dunkles Haar und ihre olivgrüne Haut und verlieh ihr einen leicht mediterranen Look, der nicht weiter von ihrem britischen Erbe entfernt sein konnte.

Sie musste zugeben, dass es gut aussah.

Sie hatte vielleicht ein wenig Härte in ihrer Stimme von so vielen Zigaretten und einer beschissenen Kindheit, ganz zu schweigen vom Trinken, aber sie wusste, wie man sich zum Sex zeigt.

Sie hatte diese Fähigkeit von ihrer Mutter gelernt, und als sie bemerkte, wie hart die Mädchen aus dem Norden waren, hatte sie auch gelernt, sie zu ihrem Vorteil einzusetzen.

Sexy Girls hatten Macht.

Sie konnten Männer mit ihrem Körper, ihrem Geruch und einem provokanten Blick kontrollieren.

Als Becky darüber nachdachte, wurde ihr klar, dass sie so viele Jahre überleben konnte.

Er stand auf und ging zum Ganzkörperspiegel.

Er lehnte ihren Kopf zur Seite und umfasste ihre Brüste.

Sie schmollte über ihre frisch gestrichenen Lippen.

Ja, es sah gut genug aus, um etwas Leckeres zu essen.

Und um dich auch zu essen, dachte sie mit einem sinnlichen Lachen.

Auf dem Bett lag ein rotes Kleid.

Kurz.

Sehr provokativ.

Niedriger Ausschnitt, um ihre Brüste zu zeigen.

Sie schob ihre nackten Füße in ihn und zog ihn die Länge ihres Körpers hoch.

Sie sah sich im Spiegel an, drehte sich um und befestigte ihn.

Sie bewunderte den seidigen Stoff, der an den Hüften faltig war und ihre typische Sanduhrform betonte.

An der Tür stand eine Reihe hochhackiger Schuhe.

Becky ging hinüber und schlüpfte in ein rotes Paar.

Die heutige Farbe war scharlachrot.

Rot für Blut und Mord.

Kapitel IV

Der Taxifahrer hielt vor dem Club.

Becky bemerkte, dass zwei Gorillas an den Türen standen.

Er bezahlte den Taxifahrer und trat auf die Straße, die von der Straßenlaterne beleuchtet wurde. Die sanfte Luft berührte seine nackten Schultern, als die Clubmusik unter seinen Füßen schlug.

Sie schloss die Kabinentür, ging zum Eingang und legte den Riemen ihrer kleinen roten Tasche über ihre Schulter.

Treffpunkt Es war ein moderner Herrenclub, der vor ein paar Jahren in der Stadt aufgetaucht war.

Männer jeden Alters gingen in ihren angesagtesten Anzügen, die in Aftershave-Flaschen getränkt waren, dorthin und versuchten, Mädchen aus dem Norden anzuziehen, die wie Hündinnen in der Hitze zu ihrem Geruch strömten.

Becky war keine Ausnahme.

Aber heute Nacht hatte sie sich besonders auf einen Mann konzentriert.

Der Ort war voller Aktivitäten, beschäftigt für eine Nacht unter der Woche.

Auf der einen Seite des Raumes trat ein Sänger auf der Bühne auf, und auf der anderen Seite war die Bar voll mit älteren Leuten, die sich über Biergläser gebeugt hatten.

Männer und Frauen saßen in einem großen Bereich mit Tischen in der Mitte des Raumes, plauderten und sahen zur Bühne auf.

Becky ging zur Bar und rief einen hübschen jungen Barkeeper mit dem Spitzenhaarschnitt einer Witwe an.

"Ist Ricky heute Nacht hier?", Fragte sie.

Der Kellner nickte. "Hinter."

Becky lächelte ihn an und trat von der Theke zurück, als sie bemerkte, dass die Augen der älteren Männer von ihren Getränken zu ihr gewechselt waren.

Er sorgte dafür, dass sie einen guten Blick auf seinen Hintern hatten, als er einen Korridor entlang verschwand, der zu den Büros im Hintergrund führte.

Ricky Morris war der Besitzer von fünf Nachtclubs in der Gegend von Maine.

Er hatte in den neunziger Jahren sein Geld mit zwielichtigen Geschäften verdient und die Kette der Herrenclubs gegründet, die bei den verspielten Jungs des Nordens sofort ein Hit gewesen war.

Er war auch dafür bekannt, mit Stripperinnen und Prostituierten zu arbeiten, sie mit Kunden zu versorgen und ihre Einnahmen zu senken.

Becky traf ihn vor zwei Jahren beim Start von Meeting Place.

Von all den attraktiven Frauen und hübschen Mädchen, die an diesem Abend dort waren, war sie diejenige, an die er sich gewandt hatte.

Vielleicht erkannte er etwas von sich in ihr, eine männliche Eigenschaft, die ihre ehrgeizige und unternehmerische Natur ansprach.

Eine Frau, die sich für ihr Geld und ihr gutes Aussehen nicht verbeugen oder schmeicheln würde.

Eine Frau, die hart spielen würde, um das zu bekommen, was sie wollte.

Becky klopfte an ihre Tür, wartete aber nicht auf eine Antwort.

Als er den Raum betrat, sah er einen Fleischblitz und roch den unverkennbaren Geruch von Sex.

Eine Frau in den Zwanzigern lag auf dem Schreibtisch, ihre nackten Brüste waren durch ein Kleid freigelegt, das immer noch um ihre Taille gewickelt war.

Ricky fickte sie aus einer stehenden Position, schwarze Hosen um die Knöchel, Schweiß glitzerte auf ihrem rasierten Kopf.

Bei der Unterbrechung drehte er den Kopf.

Er war nur ein typischer Mann, der nur eines im Sinn hatte.

Sie stoppte die Versuchung zu explodieren.

"Warum nicht? Es ist so gut wie jeder andere Moment", sagte sie etwas aufgeregt.

"Ich muss um sechs wach sein."

"Na und? Du kannst morgen Nacht schlafen. Und zumindest wirst du zufrieden zur Arbeit gehen, anstatt zu gähnen."

"Ich bin gerade mit gebrochenem Herzen. Der einzige Weg, nicht zur Arbeit zu gähnen, ist noch ein paar Stunden Schlaf und keine Bewegung."

Becky kniff frustriert in die Lippen und griff nach ihren Zigaretten, die neben dem Telefon standen.

Er zündete einen an und nahm einen langen, tiefen Zug, dann rieb er seinen Daumen über seine Schläfe, als er dicken Rauch ausblies.

"Ich werde tun, was immer du willst", sagte sie und das Nikotin gab ihr genug Kraft, um ihn zu verführen.

"Das was?", Sagte Harry.

"Ich werde meine Zunge in deinen Arsch stecken. Ich werde dich essen, wie ein Mann eine Frau isst."

Es gab eine Pause und er konnte fühlen, wie Harry am anderen Ende nachdachte.

Nicht viele Frauen waren bereit, den Arsch eines Mannes zu essen und Harry hatte einen besonders empfindlichen Anus, seine Zunge hatte die Fähigkeit, seinen ganzen Körper gleichzeitig zu beugen und zu schreien.

Es schien jedoch, als wäre er heute Nacht wirklich müde. Selbst das war nicht genug, um ihn in Versuchung zu führen.

"Oh, Becky. Hättest du nicht zu einem besseren Zeitpunkt anrufen können?

"Ich werde meinen Riemen anziehen. Ich werde dir einen langen harten Fick geben. Willst du das, Harry? Eins. Lang. Hart. Fick."

Harry klang nervös und aufgeregt, als er antwortete.

"Scheiße." Er zog sich von der Frau zurück und Becky sah seinen großen Schwanz, entzündet von Erregung, glatt mit dem Saft der Frau.

Als er sah, wer den Raum betreten hatte, seufzte er, beugte sich vor und zog seine Hose hoch.

Die Frau am Tisch bedeckte ihre Brüste und versuchte, ihre Verlegenheit mit einem sinnlichen Lachen zu verbergen.

Kleine Schlampe, dachte Becky und ging schamlos ins Büro.

Ricky befestigte den Ledergürtel um seine Taille, als er den Kopf schüttelte, damit das Mädchen gehen konnte.

Sie bedeckte immer noch ihre Brüste, rutschte demütig vom Tisch, packte ihre High Heels und ging auf Zehenspitzen aus dem Raum.

Ricky ging um seinen Schreibtisch herum und sah Becky mit gerötetem Gesicht an.

Er zog ein Taschentuch aus der Hemdtasche, wischte sich die Stirn und griff in eine Schublade, um eine silberne Zigarettenschachtel zu holen.

„Wem schulde ich das Vergnügen?", Sagte er, öffnete die Schachtel und holte eine farbige Zigarette heraus.

Er bot Becky einen an.

Sie behielt ihn im Auge, als sie zum Schreibtisch ging und eine der Zigaretten nahm.

Es war scharlachrot.

"Überprüfen Sie die Qualität der Ware noch einmal?", Sagte er und legte die rote Zigarette zwischen seine Lippen.

Ricky kniff die scharfen blauen Augen zusammen, als er seine Zigarette anzündete und dann das Feuerzeug hochhielt, um Beckys anzuzünden.

"Was ist dein Grund, mich zu unterbrechen und hier ohne Vorwarnung einzubrechen?"

Becky holte Luft von der brennenden Zigarette.

Sie blies den Rauch, der zur Decke strömte, in einem dünnen Faden aus.

"Ich sehe, du warst in letzter Zeit beschäftigt."

Sie sah mit einem Lächeln auf den Tisch hinunter.

Die Schweißabdrücke, wo das Gesäß der Frau gewesen war, waren noch auf der Oberfläche des Glases vorhanden.

Ricky setzte sich schwer.

Becky konnte fast ihr Herz rasen hören, das Blut pumpte immer noch um ihren Körper von der unterbrochenen Sex-Sitzung.

Er musterte sie neugierig.

"Du bist fertig?"

Becky schüttelte den Kopf.

"Na und? Ich bemerke etwas anderes an dir."

Becky warf ihre Haare zurück und schaute auf das große Goldfischglas, das hinter Rickys Kopf leuchtete.

Großer Fisch in einem sehr kleinen Teich, dachte er trocken.

Er hatte vielleicht Geld und Macht über Frauen, aber als er dort auf seinem Stuhl saß und keine Ahnung hatte, was passieren würde, war er genauso schwach und erbärmlich wie jeder andere Mann.

"Ich denke, es muss das Wetter des Monats sein", sagte er trocken.

Er nahm die Tasche von seiner Schulter und legte sie vorsichtig auf die Glasoberfläche auf dem Tisch.

Ricky beobachtete ihre Bewegungen mit Interesse.

Er ging um den Schreibtisch herum und legte sein Gesäß auf die harte Kante.

Ricky drehte seinen Stuhl, lehnte sich zurück und musterte sie.

"Sie sind eifrig", sagte er vorsichtig.

"Wann bin ich nicht?", Antwortete sie.

Ricky lächelte.

Er liebte das an ihr.

Dieser kühne und willige Appetit auf Sex.

Besonders von einer Frau.

Hat ihn in Sekunden hart getroffen. Becky wartete darauf, dass sein Schwanz wieder erwachte, als sie ihren Körper bewegte, um ihre Brüste zu zeigen.

"Du bist eine Hure", sagte Ricky. "Nichts hält dich auf, richtig? Nicht einmal sorglose Sekunden in einer kleinen Schlampe.

"Sie war nur die Vorspeise. Ich bin das Hauptgericht. Der echte Sex."

Becky zog ihr Kleid an ihrem Oberschenkel hoch und schob ihre Finger zwischen ihre Beine.

Sie hatte ihr Höschen ausgezogen, bevor sie das Haus verlassen hatte, so dass sie leichten Zugang zu den nackten Lippen zwischen ihren Beinen hatte.

Er sah Ricky an und nahm einen weiteren Zug von seiner Zigarette.

Die Ausbuchtung, die in seiner Hose weiter wuchs, sagte ihr, dass er vorhatte, in Sekunden in ihr zu sein.

Ihre Muschi befeuchtete sich bei dem Gedanken, verstärkt durch das Wissen, dass diesmal die Befriedigung süßer sein würde als jede andere.

Sie legte ihre Hände auf die Glasoberfläche, hinterließ klebrige Spuren ihrer moschusartigen Fotze und manövrierte sich direkt vor Ricky in Position.

Sie legte beide Absätze auf die Armlehnen des Stuhls und spreizte ihre Beine, um ihm die volle Sicht auf das zu geben, was sich zwischen ihren Beinen befand.

Aufregung schoss durch Rickys Augen, als er nach unten schaute und die Süßigkeiten sah, die unter dem kleinen roten Kleid versteckt waren.

"Was soll ich damit machen?" Sagte er sardonisch und hob eine Augenbraue.

Mit ihren Ellbogen auf dem Tisch schaffte Becky es immer noch zu rauchen, als sie mit einem schwülen Lächeln antwortete.

Sprachlos.

Ricky drückte seine eigene Zigarette aus und drückte sie schamlos auf das Glas.

Er atmete durch ihre Nasenlöcher, vielleicht um einen duftenden Geschmack der kommenden Dinge zu bekommen, und tränkte ihre langen Finger vor ihren schönen Lippen.

"Ich werde dich essen, bis deine Muschi in meinen Mund tropft."

Becky spürte, wie ihre Vulva kribbelte, als sie ihre Muskeln zusammenzog.

Sie hatte immer einen Jungen geliebt, der gerne Muschi aß.

Ricky war glücklich, sein Gesicht mit ihrem Saft zu sättigen und Dinge mit seiner Zunge zu tun, die ihn woanders hinschicken würden.

Es wäre der humanste Weg, dachte er.

Eine euphorische Angst.

Seine großen Hände berührten ihre Knie und spreizten ihre Beine noch mehr.

Becky starrte ihn mit grimmiger Faszination an und schätzte die Erregung in seinen stählernen Augen.

Er leckte sich spielerisch die Lippen.

Becky lächelte wissend.

Dann, bevor sie etwas anderes tun konnte, war sein Kopf zwischen ihren Beinen und seine heiße, feuchte Zunge arbeitete sich in sie hinein.

Beckys Kopf fiel zurück, als sie vor Vergnügen nach Luft schnappte.

"Oh verdammt."

Ricky schüttelte unersättlich den Kopf und leckte sein klebriges Fleisch.

Essen, schmecken, den moschusartigen Geruch einatmen.

"Köstlich", hörte Becky ihn mit seinem tiefen Vermont-Akzent sagen.

Er würde nichts so Leckeres schmecken wie ihre süße Rache, dachte er.

Ricky öffnete seine Hose, zog seinen Schwanz heraus und wichste ihn mit schnellen, harten Bewegungen seines Handgelenks.

Becky fragte sich kurz, ob er ihre Muschi der vorgezogen hatte, die er vor Minuten gefickt hatte.

Dann entschied sie, dass sie sich nicht mehr darum kümmerte.

Alle Männer waren gleich.

Arschsauger, die Huren missbrauchen und Fotzen lutschen. Selbst wenn sie die Fähigkeit hätten, dich an Orte zu schicken, von denen du nie wusstest, dass sie existieren.

Rickys Zunge war göttlich!

Becky sah nach unten und sah die glänzende runde Kopfhaut steigen und fallen.

Dies war sein Moment.

Sie holte tief Luft, hielt einen Moment inne, dann brachte sie ihre Schenkel in einer schnellen Bewegung zusammen und schloss Rickys Hals zwischen ihren Beinen.

Er würgte und versuchte wegzugehen, aber ohne Erfolg.

Becky griff in die rote Tasche und zog ein Messer heraus.

Sie packte den Griff mit beiden Händen und hob ihn über Rickys Kopf.

Er plapperte weiter und packte ihre Schenkel, um sie zu spreizen.

Aber sie konnte es nicht tun.

Sie konnte das Messer nicht auf den Kopf fallen lassen.

Jetzt, da der Moment hier war, schien es keine Fantasie mehr zu sein.

Es fühlte sich wie ein Albtraum an.

Sie war keine Mörderin.

Sie konnte nicht etwas werden, was sie nicht war.

Sie hatten sie innerlich getötet und sie verachtete sie dafür, aber kaltblütig zu töten machte sie zu etwas anderem.

Es machte sie weniger als sie.

Becky ließ den Druck ihrer Schenkel auf Rickys Kopf los.

Er kam aus der Falle, keuchte und rieb sich den Hals.

"Verrückte verdammte Schlampe", schrie er. "Was spielst du?"

Becky hatte die Waffe bereits in ihrer Handtasche versteckt, bevor Ricky seinen Zorn ausspuckte.

"Ich dachte, du würdest gerne etwas Raues ausprobieren", keuchte sie und tat ihr Bestes, um die Angst in ihrer Stimme zu verbergen.

Ricky spreizte die Beine und stand auf.

"Ich konnte nicht atmen!"

Becky spielte mit ihrem Kleid und stieg vom Glastisch.

Als er aufstand, bemerkte er den Ausdruck von Zweifel in Rickys Augen.

"Ach komm schon", sagte sie. "Es hat ein bisschen Spaß gemacht."

Es gelang ihm, ein Lächeln zu behalten, als sein Herz in seiner Brust schlug.

Ricky sagte nichts und suchte in seinen Augen nach einer Art Täuschung.

Er wäre der einzige mit Blut an den Händen, wenn er wüsste, dass sie geplant hatte, ihn zu töten.

Becky ging auf ihn zu und beugte sich dicht an sein Gesicht.

Sie küsste seine gerötete Wange und hinterließ ihre scharlachrote Lippe auf seiner Haut.

"Ich habe genug für heute. Mir geht es besser", sagte sie.

Sie hob ihre Tasche vom Tisch und ging zur Tür.

Sie konnte Rickys Augen auf sich spüren.

Durchdringen.

Anklagend.

"Warte", sagte er.

Becky blieb stehen.

Sein Herz erstarrte.

Er drehte sich langsam um.

Rickys dunkler Umriss wurde von dem hellen Schein des Aquariumwassers begrenzt, als er darauf wartete, dass er sprach.

"Sie werden Ihr Geld wollen", sagte er.

Becky runzelte die Stirn.

"Welches Geld?"

"Ich bezahle immer meine Lieblingsmädchen."

Becky musterte seine Augen.

Was hat er getan?

"Du hast es noch nie gemacht."

"Es ist an der Zeit, dass ich es tue."

Er nahm ein Scheckheft vom Schreibtisch.

Er zog einen Stift aus der Hemdtasche und kritzelte etwas darauf.

Als er es zu Becky brachte, kribbelte sein Hals.

Ricky gab ihm den Scheck.

Becky nahm es und sah sich die Menge an.

Vierzigtausend Dollar.

Sie erblasste und sah Ricky ungläubig an.

"Für fällige Dienstleistungen", sagte er.

Becky sah zurück zu der starken Gestalt.

Vierzigtausend Dollar.

Er würde seine Hypothek bezahlen.

Sie könnte ein neues Auto bekommen.

Über Wasser gehen.

Neue Klamotten kaufen.

Designerschuhe.

Ricky lächelte nicht, als er sah, wie sie den Scheck studierte.

Der Blick, den er ihr zuwarf, war besorgniserregend.

Becky sah nervös in seine stahlblauen Augen.

Er wusste, dass sie versucht hatte, ihn zu töten.

Er bezahlte sie.

Nimm das Geld, lass mich in Ruhe, komm nicht.

Sie wollte ihn nicht enttäuschen.

Er schaffte es zu lächeln und drehte sich dann um, um den Raum zu verlassen, seine zitternde Hand hielt immer noch dein neues Vermögen.

ENDE

61

SEXUELLER WUNSCH
ERIKA SANDERS

Meine Liebe, ich möchte, dass Sie vor Ihrem Computer sitzen und ein Bild zeigen, ein visuelles Stück, wie eine Katze.

Nicht das Gesicht und der Körper, nur die Knie gebeugt und die Beine offen.

Mit langen und schönen eleganten Fingern, die die Vaginallippen leicht trennen.

Stellen Sie sich vor, Sie gehen hinein und setzen sich an diesen voll ausgestatteten Schreibtisch.

Aber da Ihr Stuhl Arme hat, lege ich meine Füße in schwarze hochhackige Lederschuhe, Fußfesseln und spitze Zehen auf beiden Seiten von Ihnen.

Sie lehnen sich zurück und lächeln und ich lehne mich auch lächelnd zurück.

Ich hebe mein seidig schwarzes, schmales Kleid hoch und du siehst, dass mein Höschen fehlt und das Leuchten meiner Feuchtigkeit in meinem Schlitz bereits spürbar ist.

Sie sehen die Spitze eines schwarzen Korsetts, an dem auch die Strümpfe befestigt sind.

Ich hebe mein Kleid mit beiden Händen hoch, fahre es über meinen Kopf und enthülle das einige Zentimeter breite Lederkorsett.

Meine Brustwarzen sind aufrecht und hoch, wenn sie von oben herausragen.

Sie verneigen sich, aber ich bin hier, um mit Ihnen zu spielen, und ich trage meine spitzen Schuhe, um Sie dort zu halten, wo Sie sind.

Ich sehe einen Schwanz, der merklich wächst und der aus seiner Hose kommen muss und dich bittet, ihn zu öffnen.

Ich fahre mit meiner Zunge lächelnd über meine Lippen, während du meine Hose runterrutschst.

Der Kopf Ihres Penis ragt aus Ihren Boxershorts heraus und auch dieser hat einen leicht fordernden Glanz.

Das ist aus gutem Grund so.

Dieser Anblick deines aufrechten Schwanzes macht mich plötzlich an und ich bitte dich, mich zu lecken.

Sie beugen sich vor und tun es, indem Sie meine Lippen leicht öffnen, um meinen Kitzler zu finden.

Du nimmst es in den Mund, damit es ein bisschen mehr herauskommt.

Ich brauchte nur diese Berührung deiner Zunge, um mich hundert zu bekommen.

Während ich mich niederlasse, bitte ich Sie, Ihren Schwanz mit der anderen Hand zu nehmen und ihn leicht zu streicheln.

Ja, aber ich kann Ihnen sagen, dass Sie mehr brauchen, es ist nicht genug.

Ich zwinge dich, auf die Knie zu gehen, um dich vollständig in meinen Mund zu nehmen, abwechselnd von der Basis nach oben, oben und unten und zurück zu den Bällen zu lecken und die Innenseite zu lecken, wo das l ist. 'Schritt.

Du magst, was du siehst, wenn ich auf den Knien bin, mein Arsch ist nur ein paar Zentimeter breit und mein Anus ist eng und bequem.

Ich stehe auf, weil ich dem Höhepunkt zu nahe komme.

Ich ziehe dich auf deine Füße und deine Hose geht über deine Knie.

Sie haben immer noch Ihre Schuhe, Ihre Krawatte ist noch gebunden, aber Ihr Hemd ist unten aufgeknöpft.

Ich liebe es, so viel Haut wie möglich zu sehen.

Jetzt, wo du auf den Beinen bist, bitte ich dich, mir den Rücken zu kehren.

Öffne deine Beine genug, um hinter dir zu knien.

Meine Zunge leckt deine Beine, leckt deine Eier und runter bis zum Schlitz deines Arsches, leckt und dreht deine Zunge um deinen Anus.

Ich nehme einen Vibrator aus meiner Tasche und frage, ob ich ihn bei Ihnen verwenden kann, aber bevor ich antworte, lege ich ihn auf Ihre Haut.

Mit meinem Mund habe ich Speichel überall in meinem Arsch gelassen, so dass du alles geschmiert hast.

Ich stelle es auf niedrige Geschwindigkeit und laufe es durch deine Eier und zwischen den Bällen und deinem Arschloch.

Meine andere Hand läuft zwischen deinen Beinen und packt deinen Schwanz, streichelt ihn und streichelt ihn.

Der Vibrator fühlt sich gut in deinem Arsch an.

Ich lege es neben deinen Anus und schiebe eines der beiden Enden, das Ende, das auch mein Favorit ist.

Es gleitet hinein und ich lege das andere Ende wieder in Richtung Mitte, wieder hinter deine Eier, um zu sehen, wie das Gefühl dich auf eine andere Ebene bringt.

Ihre Hände greifen nach dem Schreibtisch und Ihre Augen sind geschlossen, um dem nachzugeben, was ich tun möchte.

Aber ich bleibe so und streichle ein bisschen, während ich dich durch das Summen fragen lasse, was als nächstes passieren wird.

Ich halte abrupt an und sage dir, du sollst dich umdrehen.

Sie tun und Ihr Gesicht ist rot.

Sie genießen es wirklich und nähern sich dem Zustand, den Sie wollen.

Aber ich würde lieber langsamer fahren, um dich wieder in meinen Mund zu bekommen.

Ich bin so heiß wie die Hölle und verliere die Kontrolle.

Also lasse ich dich sitzen und knie mich vor dich und ich bitte dich, dich zu streicheln, aber langsam.

"Streichel meine Liebe."

Als ich mich vor dich knie und mich auf die Fersen lege.

Ich schalte den Vibrator ein und reibe ihn außerhalb meiner Vagina an der Klitoris.

Ich brauche weniger als eine Sekunde, um zum Orgasmus zu gelangen.

Meine Beine und Knie sind offen und ich werfe meinen Kopf zurück und strecke meine Muschi mit meinen Händen, damit du siehst, wie sich die Muskeln meines Orgasmus bewegen.

Ich halte den Vibrator, bis ich fertig bin und mein eigener Saft überläuft.

Ich sehe dich an und du masturbierst und erhöhst das Tempo.

Dein Tempo hat zugenommen und es ist so aufregend, dass ich mich hinknie und dich anflehe, auf mein Gesicht und meine Brust zu kommen.

Und ja, definitiv tust du das.

Ich sehe, wie die Spritzer deiner Milch mich erreichen.

Aber am Ende werfen Sie die Jets auf den Computerbildschirm und auf die Tastatur.

Wir verabschieden uns bis zu einem anderen Zeitpunkt und Sie schalten die Webcam aus.

ENDE